Mariene Bello

Il fiorire della primavera

Il giardino della cultura

ISBN 9791280893055
Titolo: Il fiorire della primavera
Autore: Mariene Bello
Prima edizione: Aprile 2022
Editore: Il Giardino della Cultura, Via Liperoti 11, 88900
Crotone (Italia) Sito editore: www.ilgiardinodellacultura.com

PREFAZIONE

"Il fiorire della primavera" è un canto alla vita, alla primavera, all'amore e alla rinascita. La natura ci circonda come la primavera e noi ne diventiamo complici. I fiori adornano i campi che profumano di erba fresca e di prati verdi. La primavera si risveglia e ci dona tutto il suo massimo splendore, ci accompagna, ci prende per mano e ci sorride con una tenera carezza, ci dona felicità.

La primavera è una delle stagioni dell'anno legata alla rinascita della flora e della fauna, inoltre ha un clima caldo che porta gioia e festa alle famiglie di tutto il mondo. La primavera ha tanti colori, per questo è chiamata la stagione della allegria. Per associazione tra la primavera e lo sbocciare della vita, la giovinezza o la fase migliore dell'esistenza di una persona è qualificata come primavera, come rinascita. La primavera è anche legata all'amore, all'inizio delle relazioni e all'unione di nuovi legami di amicizia.

Durante l'autunno e l'inverno, le condizioni meteorologiche fanno sì che molte piante si secchino e perdano il fogliame, con la primavera, invece, rinascono e la flora ritrova il suo splendore. Per questo, l'arrivo della primavera si vive con allegria e si organizzano feste e tradizioni che ogni anno danno vita nei paesi dove giungono persone da luoghi diversi.

La natura e il territorio sono protagonisti, intesi come parte dell'ambiente che ha un equilibrio originario e non deve essere alterato dall'uomo perché crea danno a esso e alla vita in generale. Quando parliamo di primavera ci riferiamo a tutto ciò che ci fa fiorire in senso figurato e ci dona allegria e vita.

Queste poesie sono un omaggio alla speranza e al desiderio di una "vita normale" senza paura dell'altro, senza paura di un abbraccio. E che tutti possano sorridere di nuovo senza la loro "mascherina". Respirare di nuovo l'aria fresca, annusare i profumi della campagna e dell'alba, con il sole che appena si sveglia.

In questo periodo che viviamo così spaventoso abbiamo bisogno di rinascita e di poesia. Ci auguriamo una primavera per tutti e tornare di nuovo a stringere una mano e abbracciare le persone care. Aspettiamo un rifiorire della primavera in tutti, per toglierci la nostra perenne amica mascherina. E che la poesia raggiunga ogni anima.

INDICE

PARTE I

Arriva la primavera

È quasi metà marzo,

il sole come Dio perenne ci accoglie,

con i suoi carri e trombette

viaggia per il mondo,

si ferma in Venere

e saluta Saturno.

Il sole è sicario della pioggia,

e con lui canta il verde.

Le albicocche fioriscono,

di rosa e bianco.

Erano tutti pallidi di vita,

senza coperte, ne cuscini,

squallidi di ricordi.

Arriva lei, licenziosa e fiorente,

che meraviglia guardarla,

abbraccia la terra e ritorna

seducente e amorevole,

è verde dovunque,

dipinti in tavolozze.

Si squamano in una tela immortale,

è tutto primavera, lei è tornata.

Gli asparagi sono nati

L'asparago è spinoso
con piccole foglie diffidenti.
Pianta sempre verde e sottile,
silente e forte,
cresce nel Mediterraneo.

Appena arriva marzo,
nei piccoli cespugli
crescono i germogli,
subito sentono odore di primavera.
Li trovi lungo le strade
stanche di tempo e passi.

Marzo mese di rinascita,
di risvegli, di lune.
Tutti escono per le lunghe strade,
si arrampicano ai dirupi
per raccoglierli.

L'asparago selvatico, amarognolo,
pero benefico e salutista,
depura l'organismo,
ci apporta la vitamina C,

rimineralizzante di calcio, ferro e potassio.

Stimola la diuresi,

che odora di pungente amaro.

Arriva Pasqua e tutti camminano

alla ricerca dei germogli,

asparagi per la frittata

unti con l'olio d'oliva e sale,

si condiscono per affogarli nell'uovo.

Molte ricette accompagnano,

i saporiti risotti che adorna.

È lui il re della primavera,

la tavola annuncia Pasqua

e sotto i denti rimane ottimo cibo,

per degustarli proprio a marzo.

Sole e mascherina

Oggi è venerdì, ultimo giorno,

da lontano arrivano suoni, profumi.

Il mondo è giallo color oro,

e rinasce nelle sue radici.

Sole, te che sei vitale,

forza, energia, luce,

portatore del buonumore,

sei l'unica stella visibile

e di giorno l'universo sorride.

Portaci speranza e giorni d'abbracci,

oggi tutti siamo grigi,

accoppiati a una mascherina.

Niente sorrisi, denti, ne labbra,

dormono sotto.

Gli occhi turbati e cerimoniosi

parlano, parlano a ogni angolo

si fermano, impauriti e frustrati.

Il mondo di fame per molti,

e ricchezza per pochi,

oggi siamo tutti nella stessa fossa,

niente è diverso, solo la mascherina.

Sole portaci i tuoi cavalli dorati,

a passeggio andiamo.

Ferma l'epidemia che ci strozza

e i nostri passi nella tomba.

Avvolgici dei tuoi raggi,

cuoce questo inumano virus

che trafigge le anime.

Come il fiume

Come l'acqua che scorre

e le pietre che si aggrappano al fondo,

e lì è silenzio.

Il fiume lungo, enigmatico,

avvolto da cento di specie animali e vegetali,

pace eterna ti accolli.

Tutti ti salutano

e io mi vedo in te,

nelle tue ombre sospese, perlate,

mi siedo nelle sontuose pietre

e sento la tua vita scorrere,

silenzi acuti,

bagnati di sole e vento.

I miei piedi sommergo in te,

che gradevole la tua carezza.

Il divino mi visita

in queste montagne eterne di pioggia,

solchi le radici, le mie radici.

Il grano cresce in primavera

Il tordo canta la sua partenza,

saluta il piccione bianco e solitario

che si posa nelle mie mani,

accarezzo il suo alito.

Dondola il mondo euforico

è giorno di primavera,

cresce il grano.

Lunghe distese verdi e sonnolenti

cospargono i terreni

frementi di vita.

Le spighe dorate e lucenti

lievitano di notte

e perlustrano l'erborata.

Il vento crea solchi,

scolpisce lunghi cammini,

tutto è rilassante, armonioso.

Il grano è pronto in estate,

matura e si sente saggio.

Si muove nel soffio della tiepida mattina,

è pronto per essere raccolto.

Il mare chiama

Trovarsi nel blu infinito

disteso e profumato di alghe

e pesci vivi.

Silenzio assordante di notte,

luna piena e innamorati vogliosi.

Il mare è taciturno

accoglie l'universo,

focoso e virile appare davanti.

La sabbia nera accarezza e rinfresca,

per ogni luogo si trova.

I sassi piccolini calcati di tempo,

si aggrappano ai piedi,

si sentono lucidi e barbari.

Sale, blu e vento

e una piccola barca che saluta.

Il mare è sogno,

piacere infinito e lunghi tramonti.

Ci perdiamo fra le sue mani,

mani fredde e salate.

Le montagne ci guardano

Imperiose, dominanti, selvatiche,
ci sorvegliano notte e giorno.
In primavera ci salutano,
e di verdi prati si colorano.

Il centro è pietroso
e lunghe strade
formano sentieri.
Di notte scintillano le lucciole,
come fatine ballano,
è tutto magia.

Le montagne ci guardano,
si nutrono del tempo.
Secolari di sogni
emanano primavere.

L'olivo nel giardino

L'olivo nel giardino,

mi guarda tutte le sere,

mi rasserena nel suo splendore.

Sempre lì sta aspettando le stagioni,

fiorisce in primavera,

in autunno regala il suo frutto.

I secoli passano e ancora sta lì,

è di fuoco, vento, neve e freddo.

Nessuno è come lui,

robusto e venerato.

Nel mio giardino il mio olivo vive.

Il paesaggio

Il bene che ci regala

la tranquillità che avvolge

e nelle lunghe distese ci dilettiamo.

Paesaggio culturale e ambientale,

sinonimo di tradizione, usi, costumi,

tesoro di ogni popolo.

Cultura e bene di tutti,

conoscenza del nostro passato.

L'ambiente è questo creato,

modificato da noi.

Ma tutto è un passaggio

perfetto, armonioso di sogni.

Come l'azione dell'uomo determinante.

L'uomo si adatta alla natura

da cui dipende,

si aggrappa a lei alle sue leggi

ma la cambia,

la trasforma per il suo benessere.

Uomo e ambiente

sono continuamente in eterno rapporto d'amore.

Patrimonio culturale.

In tutti gli spazi terrestri ti troviamo,

paesaggio di acqua, terre e vita quotidiana.

Paesaggio urbano e rurale,

di cultura e valori parli.

L'uomo ti crea,

sei moderna e tradizionale,

è il nostro stile di vita.

Amarti e proteggerti

senza avvelenare i tuoi spazi.

Bella natura

Che bella la natura,

messaggera di pace,

ci guarda e aspetta.

Lei è calma, sincera

e rinasce sempre.

Di verde, marrone

si tingono i suoi occhi

come arcobaleni nei cieli.

Viviamo per lei,

che dona, regala,

ossigeno, sopravvivenza,

ecosistemi in equilibrio.

La natura

avvolge tutti gli esseri viventi,

è maestra, è luce e guida.

È madre generatrice dell'universo,

regina dell'ambiente naturale e dei paesaggi.

Le sue leggi sono ordine naturale,

è meraviglia all'uomo.

D'indole divina,

selvaggia, incontaminata.

Il suo panorama ci regala,

un mondo fotografico,

composizione d'immagine

in un mosaico di sogni.

Sostanza del nostro essere,

temperamento e personalità.

Essenza della vita,

in tutti ti avvolgi.

E noi trasformiamo i tuoi paesaggi,

ma tu sei perenne, fissa e logica.

Ogni giorno risplendi nel tuo universo,

dipendiamo da te,

siamo i tuoi figli.

Natura che dolcezza,

profumi di mare,

selva, erba fresca,

primavere e quattro stagioni.

Grazie natura,

regalaci la tua biodiversità,

e il canto degli uccelli.

Il nostro territorio

La Terra, è nostra,

risorsa dei paesaggi.

Lei ci ospita nel suo ambiente,

ci diletta nel quotidiano.

Il territorio è un connubio

di elementi umani e naturali.

L'uomo trasforma il territorio,

sempre in conflitto al suo piacimento.

La territorializzazione che trasforma,

cambia un territorio,

Venezia nella sua laguna

è fiorente di edifici e ville.

I parchi nascenti

sono specchi della città,

come i villaggi in zone povere,

possenti e lussuosi.

I turisti benefattori,

poveri per quelli del luogo,

sono una nicchia per pochi.

Territorializzazione è questo,

anche deforestazione,

spazio che l'uomo sottomette

secondo le sue regole.

Padrone dell'ambiente

cambia il territorio

e lo fa lume delle sue mani,

in territorio di mancanze economiche

e sogni spezzati.

I cieli ci guardano tristemente

I cieli preannunciano tristezza,

oggi sono bianchi e sordidi,

appannati di pioggia e tuoni.

Ci proteggono e coltivano le anime perse,

piangono di sospiri,

assaltano l'universo e dipingono il mare.

I cieli moderati e sereni,

oggi tempestosi e vulcanici.

Frementi d'ira irrompono in pianto,

e noi aspettavamo sorrisi serafici

illuminati di blu e celeste.

Sono nati i papaveri

I campi rigogliosi e sorridenti

salutano i passanti.

Loro sono nati,

li trovi dappertutto,

in mezzo ai binari,

fra i muri grigi e solitari,

dove c'è luce splendono.

I papaveri preferiscono

i campi di grano,

li avvolgono come nebbia,

come manto si coprono.

Come due fratelli si abbracciano

e fondano l'amore eterno.

Sono lì i papaveri,

mosaico di roso e delicato profumo.

Come farfalle ballano nel vento,

accompagnano i campi verdi

e il delicato grano.

Il fiume li guarda,

canta per loro.

I papaveri danzano,

sospirano nell'alba

di pace e sodalizi,

cantano la musica della primavera.

La strada delle margherite

Signori la vedete, sorride,

Botticelli la guarda e lei si nasconde.

Le tre Grazie ballano,

nude e sontuose,

con ghirlande addobbano l'Universo.

Venere profuma di margherite,

in loro si avvolge,

e coltiva il mirto e le rose.

Le margherite delicate, pure,

bianche di petali setosi,

di cuore caldo e pomposo,

piccoli fiorellini dipinti di sogni.

Come Dea in mezzo alle spine,

Diana ti guarda e continua la sua preda.

Il corvo sorvola la tua testa,

ti accarezza con le zampe,

e tu sei fastosa,

splendida di luce

e non hai paura.

Le margherite

di prato se ne intendono

e di colori si avvolgono,

giallo, rosso cangiante,

sono loro piccole e radiose.

PARTE II

Mi fai fiorire

Sono come le quattro stagioni,

morente d'inverno

e lucida di primavera.

Le mie radici profonde

si sommergono nell'abisso

nuvoloso e senza fine.

Tu arrivi come equinozio,

mi travolgi di primavera,

e Arcimboldo m'invita,

assaggio le sue prelibatezze.

Che dolcezza approda nelle mie forze!

Rigogliosa rinasco,

sono verde e sontuosa,

mi fai fiorire come in giovinezza.

Sboccio e sono tutta nettare,

le api arrivano a salutarmi

pungono la mia lucidità.

La vita è in me,

mi sussurra di sogni,

mi alzo dalle penombre,

torno all'universo.

Riempimi del tuo impeto

Occhi fissi che capovolgono il seme,

è quello sguardo desiderio,

è curiosità?

Lascia che ti baci,

una carezza si preannuncia.

Bussi alla mia porta vuota,

danneggiata alla fine.

Hai spento l'oscurità

gli allori sbocciano,

e mi riempi del tuo impeto.

Visiti il mio centro ogni minuto,

la passione scalpita.

Unisci desideri,

divento una preghiera.

Vorrei essere il sole

Come luce universale,

come perenne compagnia,

vorrei essere nelle tue mani.

Ascendere l'universo infinito

splendente d'anime

e in sospiri di tempo rimanere.

Ascendere ogni fuoco d'inverno,

colmare ogni sete.

Sentire i germogli crescere

e il tuo corpo ballare di speranza.

Vorrei essere il tuo sole,

verde e blu.

Ho sognato Dante

I sogni delizia dell'anima,

ponderati e severi

ci accolgono.

Dolcezza immanente

ci bagna come rugiada.

Per Firenze mi trovavo

in lieta compagnia,

fra menestrelli e poveri.

Dante recitava il suo Paradiso,

e Beatrice splendida e sorridente

guardava l'infinito.

Dante mi saluta,

io annuisco.

Beatrice rimane incantata,

è Dante il colpevole.

E per Firenze corro,

Dante e Beatrice mi seguono,

rimaniamo estasiati ammirando

le rose dei giardini.

È tutto silenzio e profumi,

io mi sveglio con Dante e Beatrice.

I tuoi occhi

Gli dei mi chiamano comune mortale,

mi prendono per mano,

in Paradiso mi trovo.

Fra i tuoi occhi respiro,

e profumo d'incenso.

Sento un soave silenzio,

felicità perenne.

Mi perdo in te,

nei tuoi occhi.

Come la primavera

rigogliosa e verdastra

stampi i miei sguardi.

Tu arrivi di mattina

mi sollevi le pene,

e i tuoi occhi sono fiumi di sogni,

mare in tempesta.

Il mio paradiso

è perso nei tuoi occhi.

Il tuo amore

Plenilunio di solstizi
pregnante d'incertezza.
Sei arrivato giorno d'inverno,
del mio inverno sottile.

Amavi stare dietro a tutte,
eri don Giovanni.
Sorrisi e sguardi fulminanti,
arrivavano oltre oceano.

Io furtiva e taciturna
inginocchiata di speranza
guardavo le tue parole,
le scrutavo.
Che delizia sentirti,
ti attorcigliavi alle mie preghiere,
e bussavi al mio cuore.

Come razzo in pieno giugno
mi travolgesti,
arrotolata nel tuo amore
giacevo nel tuo olocausto.

Lei è Titti

I suoi occhi parlano,

espressione d'amore e fedeltà.

È dolce e loquace

si muove lenta e misurata.

Di mattina silenziosa aspetta

l'ora dell'insulina.

È diabetica e quasi cieca,

ama il pollo e le zucchine.

Dovunque navighiamo in peli,

cadono come fulmini.

Lei è un setter,

grande esperta, lungimirante,

di caccia se ne intende.

Lei è Titti il mio cane.

Sentire la vita

Vita, anima di rocce e tenebre,

non ti ricordi la luna?

Guarda che tempo fa, dimmi dove andremmo.

Serenità tu vieni a usurparmi,

rinunci alla pienezza delle parole dette.

La luna sente la sua richiesta,

caparbia e lucente.

La voce del tramonto inonda i cieli,

attorcigliate al tempo.

Le montagne si dissolvono in creste primaverili,

e risplende l'oro eterno.

Vita tu arrivi ogni anno,

ogni secondo semini purezza,

mi esilio in te.

Lontano provo gioie,

sarà pomeriggio.

Non c'è nessuno

Ho perso tutti, sì, non c'è nessuno per me

solo il vento che mi saluta,

mi accarezza e sorride sul mio volto.

Non c'è nessuno, sono andati via tutti,

forse sono stanca di salutare la vita,

di guardare alto, di sentire freddo.

Vorrei rimediare, sarà tardi,

la vita non mi regala un'altra opportunità,

solo penso, tristezza perché ti sei fermata,

ricopre le strade perché la speranza calma,

non oscurare i sentieri.

Continuo, sento il vento.

Come fulmine

Aspettavo, silenzi arrivavano,

e tu eri pensiero e penuria.

Mi appigliavo ai ricordi,

ai baci frementi,

e tu eri fiumi in piena.

La tua voce non mi arriva,

non sei più nelle mie ore,

come sei scappato, come ombra.

Il tuo silenzio, le tue ore mancano

il tuo respiro è volato.

Come lampada di sogni

Guardo i suoi occhi vuoti tenuti in aria,

ha allungato gli anni in un sospiro immortale.

Ha vinto la stanchezza dei giorni,

ha rinunciato alla fede allungata,

senza vergogna cammina.

Posso dire di no,

adesso che gli anni finiscono.

Furia dei venti,

timidezza arruffata e claustrale.

Ieri siamo andati, oggi siamo rimasti,

come una lampada di sogni.

Sogni, desideri eterni,

è tutto un crepitare.

Il trionfo si sbriciola,

per unire il nascosto.

Come lampade accese

viviamo in eterna speranza.

Vorrei essere in te

Vorrei che tu fossi disteso nei petali blu.

Vorrei fermare l'orologio e sentire il palpito

fremente del tempo.

Vorrei essere una farfalla e volare per le praterie,

succhiare il nettare dei pistilli rossi.

Vorrei essere il tuo sudore e avvolgerti,

e scendere per ogni angolo del tuo corpo.

Vorrei essere il vento,

penetrare nei tuoi capelli

e distendere le tue ciglia.

Che fervore mi accoglie

è dolcezza perenne.

Taciturna mi calmo

e tu sei il mio Egitto

e nell' Eufrate navigo,

in profondità mi trovo,

nella tua.

Vorrei camminare al tuo fianco,

essere il tuo bastone

e che la selva e le ninfe

possano benedirci.

Vorrei essere in te

come uragano in piena estate.

46

È così facile amare

Ci illumina la strada,

i cammini sono meno tortuosi.

La luna è confidente

e rimane alle costole.

I cieli sono colorati di pace

e frenetica sapienza.

Andiamo in tappeti volanti

soggetti al tempo

e ai sentieri della soggettività.

È tutto palese amare,

prendersi per la mano,

ricorrere ogni angolo del paradiso,

tappate di tristezza

i Santi ci salutano.

Amare, a volte è inferno,

il lago di Caronte ci attraversa,

nella sua barca ci accoglie,

sorridente e interessato.

È tutto tortuoso per molti

è navigare in acque profonde,

riempirsi di coralli e peonie.

Amare è passione e veneranda lussuria,

soffio caldo di paradiso e rinascita,

amare è Dio in noi.

48

Siamo mente e cuore

Come fuochi accessi bruciamo di speranza,

mente e cuore si uniscono.

Siamo pane e olio,

ogni sera pronti per essere degustati.

Siamo cosparsi di sospiri,

adagiati in primavera

come colomba selvatica

cantiamo il nostro canto.

Come tutto è ragionato,

e noi siamo mente e cuore,

tutto è calcolato.

Mia nonna mi portava il caffè

Era lei mia nonna,

con le sue trecce

e le calze color carne,

dormivo ai suoi piedi.

Ero piccola e piena di sogni,

camminavo per i sentieri

e accoglievo l'universo.

In cucina mia nonna colava il caffè,

il mio stomaco era in festa

per il suo pregevole profumo.

Mia nonna mi portava il bicchiere,

era mezzo di caffè.

In sereno concerto,

sorseggiavo il dolce nettare

con sapore deciso e calante.

Mia nonna era la mia regina,

amava i cavalli,

e cuciva sempre.

Amava il colore bianco e lillà,

portava una lunga gonna,

e una elegante blusa ricamata.

Mia nonna mi portava il caffè

e tutte le mattine baciava la mia guancia.

51

Diglielo che era il cielo

Sì, era un amore di sangue e insonnia,

di pene e celle,

di grigio e celeste si tingeva.

Il corpo era altrove,

tremante di speranza.

Le vene esultavano di agiatezza

per il bene aspettato.

Non c'erano spine, né sassi

che potessero fare del male,

le gambe correvano,

erano senza meta.

I cammini dipinti e gioiosi,

i piedi nudi ballavano.

Io mi arrotolavo di superflui baci,

nascondevo le mie pene nei suoi occhi.

Aggrappata al suo amore

accendevo gli stoppini dell'anima.

Ero lucente e serafica,

e Cupido sorrideva,

di frecce riempiva il mio cuore.

D'amore eterno mi sono vestita,

e la notte ai miei piedi si fermò

per ornarmi di margherite e coriandoli.

53

Oggi è domenica

È domenica, giorno primaverile,

riposiamo tutti.

Le margherite distese coprono

i lunghi campi di sole e vipere

nascoste da occhi indiscreti.

L'erba medica come tappetto

accarezza l'infinito.

È tutto riposo,

le albicocche colorano di rosa,

l'olivo è color purezza.

Le galline in concerto

riempiono il pollaio di uova.

La vigna in letargo

inizia a germogliare.

Il ciliegio fiorito cosparso,

piccoli frutti sobbalzano

nel vento.

È domenica le strade profumano

di rose, cibi e piatti scelti.

È giorni di riposo.

Raduno sopra il divano,

televisione accesa,

preghiere infinite,

è domenica.

Il sole sorride,

ci unta il capo con i suoi lumini.

Ma radiamo di sogni,

di speranza, di universo.

Siamo in riposo,

lui ci cosparge,

ci regala lucenti stelle,

è domenica.

Il paese è in festa

Febbraio

mese freddo,

nevoso, festivo.

È arrivato carnevale,

vestiti lunghi, tutto fantasia.

Lunghe sfilate e bottiglia in mano,

come formiche si affollano,

le strade, i centri,

è tutto festa.

Suoni stridenti,

maschere dappertutto,

Brasile è in festa,

oltreoceano si balla.

Sfilano i carri,

immense statue raggiungono il cielo,

ondulate e possente.

Si spara i coriandoli,

e sono tutti cosparsi.

Si balla a suono di tamburi,

è così freddo e si sorseggia il vino,

compagno degli artisti improvvisati.

Tutti mascherati come a teatro,

la musica innalza animi,

è carnevale.

57

I gatti sono nati

Tutti piccoli, indifesi guardano il mondo,

sono nati.

Lola li guarda in tenero sospiro,

lei è calma e ama il pollo.

Uno nero,

e fortuna ci porta,

gli Egizi lo sapevano.

Aggrappati alla mamma

disorientati e affamati.

Come è il mondo animale,

tenero e rilassato.

I gatti sono nati,

gli occhi chiusi e disorientati,

chiedono amore.

Piccoli e morbidi,

appena si muovono,

i gatti sono nati

per allegria nostra.

La paura ama lo stomaco

La vita ci induce a cambiare,

ci porta benemerito e demerito,

le persone aspettano il domani,

speranzosi di essere felici,

ma lei è in noi, con noi,

ci guarda e aspetta.

Canta di notte,

di mattina ci sorprende.

La paura ama lo stomaco

è fredda, schietta.

Sfumante di rabbia,

si approfitta delle debolezze,

ride e ci contorna di luna.

È una scorza,

una arancia nella sua buccia.

Tutti la conoscono,

lei ama il sonno,

sveglia ci fa male,

ci riempie di dubbi, terrori,

ci condiziona i passi nel tempo.

Forse è rimanere senza voglia,

senza desideri di squarciare

le sue forze.

La paura è dappertutto,

è il coraggio la sua antitesi.

La luna è piena

E tu stai con noi, ci accompagni

in notturno soliloquio,

ti avvolgi nelle tue stagioni,

calanti e piena.

Tutti rinascono in te,

guida delle nostre anime.

L'amore è come il sultano,

al volo si prepara,

in tappeto celeste ci porta.

La notte è tua,

di stagioni vivi.

Con te l'amore che rinasce

e di frutti si colora,

gialli e succosi.

Luna tu vigili i nostri sogni,

perfetta creazione.

Le stelle ti accompagnano,

forza e pane sei per l'Universo.

Aspettiamo le tue stagioni.

Il tuo canto

Vorrei essere come un cachi,

vorrei che ogni anno tu possa entrare nel mio corpo

e succhiare il mio succo,

sentirmi accarezzata dal tuo becco.

Vorrei sentire i tuoi piedi come massaggio

in piena estate.

Il tuo canto fa ballare le mie orecchie,

lucide di speranza.

Il tuo canto penetra la mia pelle,

sento scuotere ogni viscera,

e ti converti in pavone di piume lucenti.

I tuoi occhi mi penetrano,

vibro come piuma nel vento.

Che sono senza il tuo canto,

sono come l'inverno.

Il tuo canto mi fa volare.

La notte ride

Sveglia, sono come lei,

a tutte le ore apro gli occhi.

La notte ride di me,

ride dei miei lunghi risvegli.

Sono sveglia di te primavera,

dei tuoi occhi profondi,

illuminati di stelle.

Il mio letto mi accoglie

e profana le mie ore,

si scaglia, è così scomodo.

Sono d'inferno e paradiso,

colmata da te primavera,

speranzosa di sogni rimango.

La Gaita

Storie e leggende

sono parte del nostro vivere.

Nel Duecento protagoniste dei risvegli,

gli amanti all'arrivo dell'alba

erano avvisati, la Gaita.

Di notte gli amanti si raccoglievano

in dolce amore e nel letto

in sogni e passioni.

Un marito geloso,

forse disinteressato dall'amata,

trascurata e senza speranza

camminava per la vita.

Donzella di lunghe cerimonie e banchetti,

i balli in castello era attrazione

e lì l'amante approfittava.

Principi e avvoltoi d'anime,

conquistavano le gentil donzelle,

di mattina al letto si ritrovavano.

Guardiana degli amanti,

delle loro lussurie,

a volte si addormentavano

e all'alba li accoglieva,

svegliatevi è ora di separarvi è giorno,

l'alba ci saluta, vi saluta.

La Gaita suonava,

con il suo canto mattiniero.

Un gallo, una trombetta,

un suono, non si sa,

era sempre lei

la guardiana degli amanti.

Forse bussava alla porta

e gli amanti disperati indossavano

i loro abiti.

Il cavallo sempre pronto,

afferrato in piedi,

e di un salto partire senza

essere vista dal marito.

La Gaita ruffiana, meretrice,

sacerdotessa degli amanti

li sorvegliava ogni notte.

La Gaita, forse il gallo dell'alba.

La felicità

Sei tu felice?

domandano, ci domandiamo

il senso della vita,

esistenza e sogni,

a volte esecrata d'ogni impegno.

Siamo appigli del tempo,

che ci scruta, ci calcina come pietre

bucati dal sale e dalle acque calde.

Oziosi di sogni e lune piene,

attinti di speranze,

come tuniche blu nel sole

e dietro ai suoi colori corriamo.

Lei corre, si nasconde,

ride e suscita paura,

è lei la felicità.

Piccoli momenti, eterni

che sfuggono senza avvertirli.

Prende l'animo umano come respiro,

parte a tutte le ore,

ci prende per mano,

sottile e taciturna ci saluta.

È lei la felicità,

compagna e amore eterno.

67

Le parole che diciamo

Come ogni giorno,

siamo fatti di parole,

che danno senso all'esistenza.

Segni, simboli e suoni,

le parole, voci interne,

espressioni di vita.

Riceviamo i messaggi, parole

attraverso l'orecchio e la mente

che ordina i codici linguistici, parole.

Conversiamo in armonia di segni

è tutto uno scambio di parole.

Tutto nel nostro vivere e governato da lei,

dai movimenti, le espressioni non verbali,

è lei la protagonista, la parola, le parole.

Silenzi e sguardi fulmini di speranza,

enigmatici, pungenti, sardonici, mordaci,

è tutto un senza fine nell'intensità dell'esistere.

Le parole che non diciamo,

frugano ed espletano i nostri silenzi.

Regnante in ogni comunicazione,

suoni palatali, velari, nasali, fricative,

articolazione del nostro apparato vocale.

Sono vocali e consonanti

il lessico fatto parole, suoni.

I bambini hanno diritti

Uomini della terra,

i bambini hanno diritti.

Sono piccoli e profumano di sogni,

hanno le gambe deboli,

e sospiri profondi,

teneri come le farfalle

guardano l'infinito.

I bambini hanno diritti,

molti vivono dove la guerra

è padrona del mondo,

le armi devono impugnare.

Piccoli essere senza paura,

non è compito loro difendere,

difendersi dai malfattori disgraziati,

uomini sradicati di tutto il bene.

I bambini devono crescere e conoscere,

apprendere a vivere, non a sparare.

Bambini che appena sanno scrivere,

nemmeno sanno di lune, di mondi,

solo guerra e sangue davanti.

Non possiamo regalare un futuro,

è tutto dogmatico e impaziente.

Piccoli essere nudi di tempo,

disfatti di tutti i diritti,

e gli uomini li addestrano, fucile in mano.

Non possiamo dargli un fucile,

no, è qualcosa di barbaro e senza nome.

I bambini hanno bisogno di crescere,

hanno bisogno di amore e di sogni.

La guerra non è per le loro mani,

lì devono esserci i libri.

Educarli per vivere in un futuro

di pace e buoni principi.

I bambini hanno diritto

a vivere a casa loro,

non a essere sparati in guerra.

Hanno bisogno di carezze e baci,

sussurri e sguardi lucidi.

Restiamo in contatto

Ultimare la lettura di un libro, insieme al piacere per averlo letto, rappresenta anche un piccolo dispiacere per averlo terminato ma un'immensa gioia per chi lo pubblica.

Si crea un misterioso rapporto di sintonia tra chi lo scrive, chi lo legge e chi lo pubblica.

Sarebbe interessante poter condividere queste emozioni.

Per questo motivo, se siamo stati bene in questo viaggio letterario, vorremmo invitarti a restare in contatto con noi, iscrivendoti alla community di Facebook "Per chi ama leggere e confrontarsi con gli autori!" (https://bit.ly/3zNFhr3) nella quale potrai farci conoscere i tuoi commenti, gli apprezzamenti e anche le tue critiche, che ci saranno sempre utili, dialogando anche con l'autore dell'opera.

Potrai così condividere con noi quello che la lettura ti ha ispirato e, se ti farà piacere, potremo anche aggiornarti sui nostri prossimi progetti.

Sarà un modo per poter crescere insieme.

Quattro passi nel Giardino della Cultura

Quattro passi nel Giardino della Cultura

Il giardino della cultura
www.ilgiardinodellacultura.com

www.ingramcontent.com/pod-product-compliance
Lightning Source LLC
Chambersburg PA
CBHW052115150726
48002CB00006B/2357